親父の太平洋戦争

五十川 寿一

東京図書出版

召集された頃と思われる父

高校での軍事訓練の頃と思われる父

捕虜収容所で豪軍兵士と物々交換したミリタリーコート

矢印の部分に文字が印字されている。

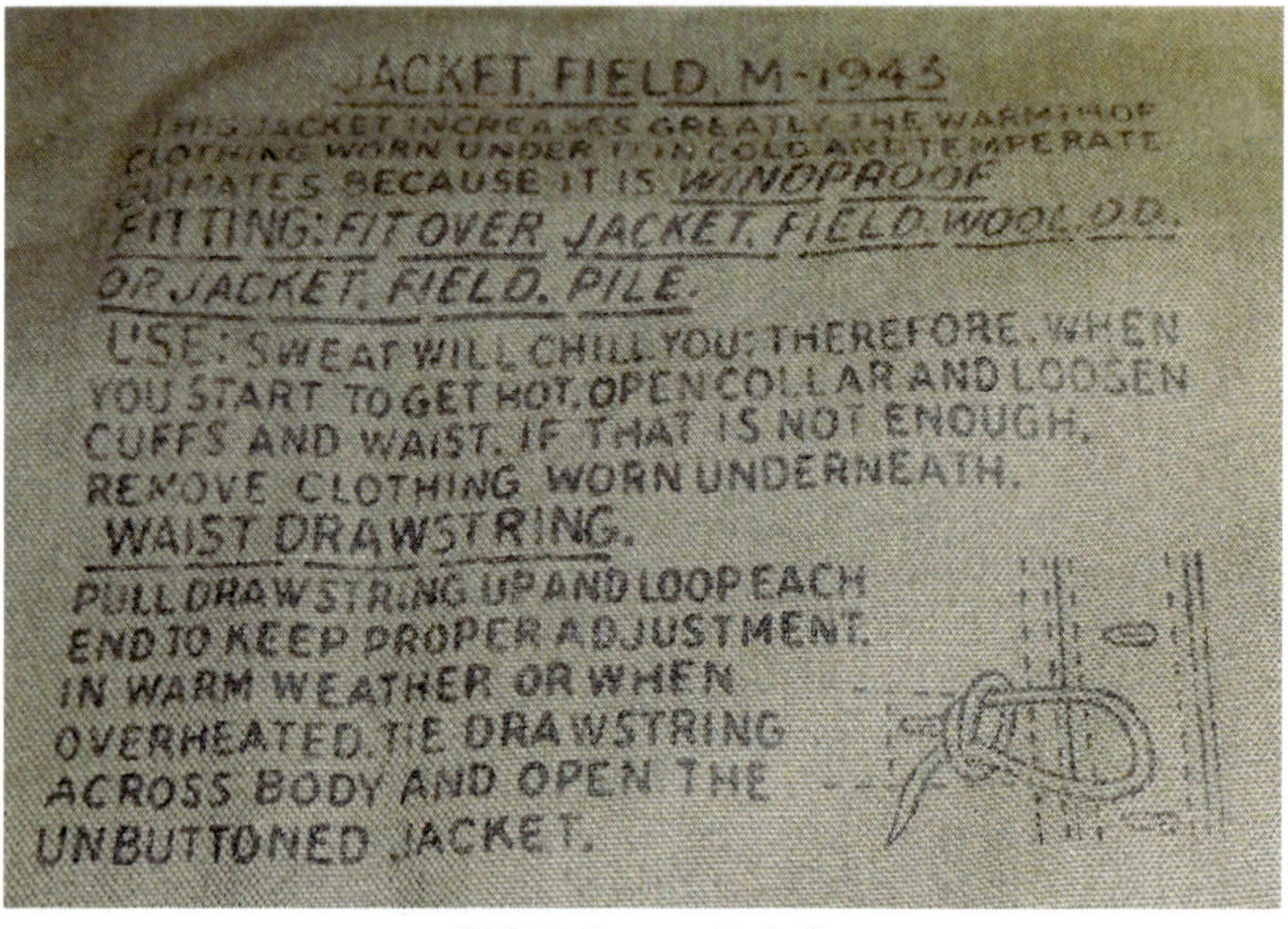

印字されている文字

バイオリンを弾く父

バイオリン楽譜集（昭和２～16年）

19部ある

父のバイオリン

このような昭和16〜25年頃の楽譜（歌謡曲）が52部ある

父の描いた女優の絵

マレーネ・デートリッヒ、マリリン・モンロー、リタ・ヘイワース

レコードプレーヤー

このような映画のシナリオ冊子もある

（昭和20年〜）

親父の太平洋戦争

目次

一、子供の頃の父

平成二十六年三月二十日、私の父、京《たかし》は九十一歳でこの世を去った。そして今、私はこの葬儀場で、父が入っている棺桶を乗せた車を送り出そうとしていた。たくさんの人を前にして、私はこのように挨拶した。

「本日は本当にありがとうございました。今日は生前、父が大好きだった『ワシントン広場の夜は更けて』という曲を掛けて見送りたいと思います。よかったら皆さんもこの曲を聴きながら、父を見送ってください」

そして、曲が流れてきた。なんて懐かしいメロディなんだ。この曲がしばし流れた後、全員で礼拝、車は火葬場に向けて出棺した。田舎の田んぼの中の一本道を走っていく。空は少し曇っていたが、清々しく、父を優しく迎えてくれているかのようであった。

私が中学一年生の時、ある夏の日のことである。

私は父に「お父さんは子供の頃は、何になりたかったの」と質問した。

父は新聞を置き、おもむろに私の方を向いて話し始めた。

「お父さんは、おまえと同じくらいの頃、ブラジルに行ってみたかったんだ。いわゆるブラジル移民というやつだ。そこで、広大な土地で何かやりたかったんだ。でも、父と母に反対されてしまったんだ。そこで、やむなく、高等学校を卒業すると同時に大阪の商社に就職することにしたんだ。和田哲商店という会社で、洋反物製造卸問屋ということで貿易もやっていて、少しでも外国と関わりのある所で仕事をしたかったんだ」と言った。父は昭和十五年三月に十八歳で高校を卒業した。しかし、この高校在学中にすでに学校で軍事教練が行われていて、それは卒業アルバムを見れば一目でわかり、世の中の戦争突入ムードがぷんぷん漂うものであった。そしてとにもかくにも、この会社に昭和十六年二月まで事務職員として勤めたのであった。

私は「ふーん、本当は外国に行きたかったんだね」と言った。父は続けた。

「大阪は大都市で、新し物好きのお父さんには最高の所だったんだ。いわゆるハイカラさんに染まっていったんだ。着るもの、見るもの、聴くもの、食べるもの、何でも日本の最先端だったんだ。でも、そんないい時期は長くは続かなかった。昭和十六年二月広島県呉市にある呉海軍工廠に行くことになり、そして翌年十二月臨時召集され、お父さんは戦争に行くことになったんだ」

すでに勃発していた日中戦争から太平洋戦争に向かおうとしていた頃で、父はこの呉海軍工廠に徴用されることになった。ここで臨時召集されるまでの一年十カ月の間、会計部計算課に配属され、記録工として徴税事務に携わることになる。真珠湾攻撃が昭和十六年十二月だから、そのちょうど一年後に召集されたことになる。日額一円三十七銭の賃金と、厚生省発行の国民労務手帳に書いてある。

これは今も残っている。父は呉市のある家に下宿させてもらっていたようで、呉市内の仕立屋で二着ほどスーツを購入している。ハイカラでファッション好きの父らしい。これも自宅に残っている。またその当時、呉海軍工廠では戦艦大和が秘密裏に建造されていたようで、父はその主砲の上に乗ったと自慢していた。大和の主砲の上に乗れた者はそう多くはないぞと言っていた。また、この頃、岐阜の各務原航空基地（現岐阜基地）にも行っていたようで、その当時の基地の便箋が今も家に残っている。

私はまた切り出した。

「そういえば、前にもお父さんは戦争に行ったことがあると言っていたよね。もう少し、詳しく聞かせてよ」「ああ、わかった」そう言いながら、父は母に「おーいお茶」と言って、しばしお茶を飲んでからまた話し始めた。

二、戦地へ

「お父さんはラバウルという本当に激戦地になった所に行ったんだ。七～八人に一人しか生きて帰って来ることができない所だったたんだ。戦地に向かう前に、母に言われた。『命を粗末にするでないよ。必ず生きて帰って来いよ』と、じっと見つめる父の横で語ってくれた。

お父さんは多くの人に見送られて、戦地に向かったんだ。初めはビルマに行く予定で、大きな船に乗って行ったんだ。実際には船に乗る前に内地で何カ月か訓練をしたんだ。陸軍に配属され、明けても暮れても訓練をしていたんだ。

やがて訓練も期間を終え、いよいよ、船に乗り込んだのだ。船はちゃんとした戦艦ではなく商船を改造したような船だったんだ。でも、その船には機関砲というものがあって、長い船旅の間にお父さんも撃たせてもらったんだ。高度と位置を確認して距離を計算、そして砲筒の傾きを決めて発砲したんだ。すると普通では当たるはずもない高度にいた敵機に命中してしまったんだ」

父は自分が計算が得意だったから、たまたま当たったとは言っていたが、顔がほころんでいた。

「でも、目的地のビルマに着く前に、敵の攻撃を受け、船が傾いてしまい、とても予定通り進めることができなくなったんだ。そこで、急遽、予定を変更してもっと近くにあるラバウルに行くことになったんだ」

私は、「お父さん、ラバウルってとっても有名な所だよね。すごい所に行ったんだね」と夢中になって話を聞いていた。

しばらくして、父は寂しそうに言った。

「戦争は悲惨なものだったんだ。特に、このラバウルという戦地は、過酷だった。戦争も初めのうちはまだよかったんだが、だんだんと戦況は悪化していったんだ。そうして、日に日に、戦死する者が多くなっていった。でも、一言で戦死といっても、敵と戦って死ぬ者ばかりではないんだ。むしろそれ以外のことで死ぬ者の方が多かったんだ。例えば、マラリアという熱病で死ぬ者、食べ物がなくて餓死してしまう者、獣に襲われて死ぬ者、ジャングルの中の植物によって死ぬ者、馬の後ろにいて足で蹴られて死ぬ者、爆薬の暴発によって死ぬ者、自殺してしまう者などいろいろあったんだ」

一呼吸して、父は言った。

「そして、敵の圧倒的な戦力の前に日本軍はどうすることもできなかったんだ」

三、生き延びる術

私は父に聞いた。

「お父さんは、そんな中でどうして生き延びることができたの？」と。

父は言った。

「それは経験と知恵と勘だ。そして運だ。

戦場では確率が物を言う。もし寿が砂浜にいる時に、敵の戦闘機がこっちに向かって爆弾を落とそうとしてきたら海の中に逃げるか？　それとも林の中に逃げるか？

おまえならどうする？」

私は「林の中に逃げる」と答えた。

父は言った。

「林の中に逃げれば、ほとんど死んでしまう。普通なら自分の姿が隠せるから、林の中に逃げた方がよいと思うが、そうではないのだ。爆風や爆弾の破片にあたって、ほとんどやられてしまうのだ。しかし、海の中に逃げ、少し深い所に行けば、爆弾が自分のほんの一メートル横に落ちても水底で爆発して水柱がまっすぐ上に伸びるから、何ともないのだ。まさに、水がすべてを吸収してくれるのだ。だから、海の中に逃げた方が生き残る確率が高いのだ」

また、父は言った。

「もし、砂浜にいるところを、敵機に発見され、機銃掃射を受けたなら、おまえはどうする？　もう逃げられなくなった。バリバリ撃ってきた。身を伏せて敵機が通りすぎるのを待つしかない。その時、おまえはどうする？　敵機が進んでくる方向に対して体を横にするか、それとも縦にするか？」

「わからない」

「そうか、少し考えてみろ。戦闘機はスピードが速いから、いくら連射して撃ってき

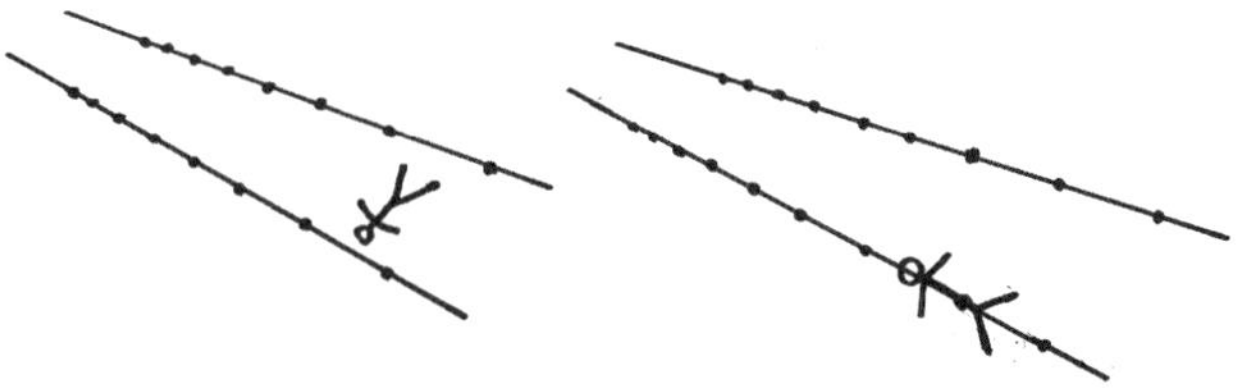

ても、弾と弾の間が数メートルは空いている。だから、体を横にした方が当たる確率が低いのだ。逆に体を縦にすれば、身長の分だけ当たる確率が高くなるのだ。人が逃げる方向に対して、戦闘機は狙いを定めることができるが、弾と弾の間隔まではコントロールできないのだ。つまり、体の向きをどうするかによって、生存率が変わってくるのだ。

他にも生きるための重要な術がある。爆撃を受けたらどうするか。まず、身を低くして、伏せる。そして、耳の穴を両手でふさぐ、目を閉じる、口を閉じる。もちろん、ヘルメットもかぶる。こうして、爆風から頭を守り、耳と目と口を守るのだ。耳が聞こえなくなったら、戦場では、まず生きていけない。目も口もしかりなのだ。

また、ジャングルの中では、さまざまな植物があり、毒草であるか、ないかをしっかり覚えなければならない。大きな葉っぱに座ったため、尻が腫れ、動けなくなるような恐ろしい植物もあったんだ。

それから、一週間、雨の降る中、ジャングルの土壕の中で戦ったこともある。この時は辛かった。敵の弾がくるから、うかつに外に出ることもできない。腹が減っても食べるものはないので、木の根っこを探して食べたんだ。水は雨水を飲んでしのいだ。その時は運がよく、敵さんもあきらめて、どこかに行ってしまったんだ。要するに忍耐力だ。それから、こんなこともあった。小高い丘で、猪とばったり出くわしてしまったんだ。運悪く、お父さんは丸腰状態だった。猪といっても、野生の猪は大きく、牙を持っているから、とても危険で命を落とすこともあるんだ。その時、お父さんはどうしたと思う?」

私は言った。「死んだふりをした?」

「いいや、違う。お父さんはそこで、猪を見たまま、ずっと動かなかったんだ。もし、背中でも見せて、逃げようものなら、すぐに追いつかれてやられてしまう。背中を見せるということは、動物の世界では負けを意味する。だから、お父さんは、昼間、猪と出くわしてから、夕方まで数時間、ずっと猪を見たまま動かなかったんだ。猪もしぶとく、ずっとこちらを見たままだったんだ。やがて、猪はあきらめて去って行き、お父さんは命拾いしたんだ。

とは言っても、生きる術などあてはまらない、どうにもならないこともあった。

ある時、お父さんがいる部隊が、作戦で二つに分かれることになったんだ。一つは島を一周して敵の様子を調べることに、もう一つは本隊に残り、陣地を守ることになったんだ。誰もが前者の部隊には入りたくなかった。なぜなら、島の地形もわからない上に、敵との遭遇もあり得る危険な任務だったからだ。一方、本隊に残ることになった後者は住居も食糧も兵器もあり、危険も少なく、前者の者から羨ましがられたのだ。お父さんはこの時、運悪く島を一周する方に配属されてしまったんだ。しかし、結果は予想外の結末になってしまった。生死をかけて一カ月近くにわたって、島を一周して、やっとの思いで本隊に戻ってきたが、あるべき本隊には誰一人としていない、あるのは変わり果てた同朋達の死体と、跡形もなく破壊された陣地だったのだ。ああ、なんということだ。本隊は全滅、やっとの思いで帰ってきたのに。

お父さんは、この時つくづく思ったんだ。

生死の境は運のみだと。

あと、もう一つ、あたりまえのことだが、決して無謀なことはしないということだ。

どんなに、辛い苦しいことがあっても無謀なことはしてはならないのだ」

父は、またお茶を一口飲んで、「今日はこのぐらいにしておこう。また、今度、話してやるよ」と。

四、私の幼い頃

ここで、少し、私がまだ小学生になるかならないかぐらいの頃の様子をお話しします。

私の家族は、父・母・姉と自分の四人家族でした。

父はいつもホンダのベンリィというオートバイで農協に通勤していました。父は短気なところがあって、オートバイが故障するといつも自分で直してしまうほど、器用だったのですが、たまになかなか直らないとオートバイを蹴ったり、家族にやつあたりしたりして、怖い存在でした。そんな父との楽しかった思い出は、このオートバイで近くのオートレース場に連れていってもらったことです。私は父の背中に抱きつき、心地よい振動と風にあたりながら、田んぼの中の一本道を走るオートバイに乗せてもらっていました。私は頬を父の背中にあてていたのですが、この時の父の背中の温かさを忘れることができません。そして、これが何よりも嬉しかった思い出なのです。また、オートレース場特有の排気ガスの臭いも忘れられません。

また、父は音楽が好きで、寝室にラジオとレコードプレーヤーが一緒になっている「スーパーラジオ・ナイス」（サンワキャビネット製）というものがありました。もちろん真空管を使っている図体の大きなものでした。そこで、時々、父は私と姉を呼んでレコードを掛けて聴かせてくれました。いろんな曲を掛けてくれたのですが、一番覚えているのが、『ワシントン広場の夜は更けて』という曲でした。父は洋楽と邦楽の両方を聴いていましたが、特にこの曲が好きで、レコードを掛ける時は必ずこの曲は掛けてくれました。姉も私も父もこの曲が気に入っていました。父は江利チエミや雪村いずみなどのレコードもたくさん持っていました。母はというと、レコードを掛けている時はいつも夕食のかたづけをしたり、洗濯物をたたんだり、アイロンを掛けたりしながら、隣の部屋で聴いていたようです。

ある時、例によって、この曲を掛け終えた後、父が私にレコードを持たせたのですが、私は手がすべったのか、レコードを落として、割ってしまいました。この時以来、この曲は聴けなくなってしまったのです。また父は高校生の頃からバイオリンをやっていて、戦争から帰って来てからも続けたようです。私の記憶だと、『荒城の月』をはじめ、何曲か弾いていたように思います。今でも当時の楽譜がたくさん残っています。姉と私は父から少しだけ弾き方を教えてもらいました。でも音を出すので精一杯でした。

また、この頃、春日八郎の『お富さん』という曲がヒットしていて、姉はラジオからこの曲が掛かると、いつも「イヤー」と言ってごねていました。「なんで、こんな名前にしたの？」と言って「とみ子」という名を付けた父と母にせまっていました。そんな時、母はいつも姉をなだめていました。無理はなかったのです。家の中だけでなく、よそに行っても、この曲が掛かると、「死んだはずだよお富さん〜」と言ってはからかわれてしまっていたのです。

また、家族四人で夕食を食べている時に火事とか火傷の話が出ると父はいつもこう言うのでした。「大火傷をした後は、しばらく温泉には行ってはいけない。絶対にいけない。体によくないから、死んでしまうこともあるんだ」と。これはきっと、大阪の繊維関係の会社にいる時に、どこかから聞いてきたのではないかと、最近思うようになりました。それは大阪、岸和田市を舞台にした朝の連続ドラマを観てからです。主人公のモデル小篠綾子さんの父が大火傷をした後、温泉に行って命を落としてしまう場面を見てひょっとしたらと感じたのです。用心深くて神経質な父はこういうことは忘れないのです。そして周りの人に必ず話して、注意させるのでした。また、ある時、父はテレビに出ているファッションデザイナーの小篠順子さんを見て「お父さんはこの人のことを知っている」と言っていました。「どうしてお父さんは知っているの？」と聞けばよかったのですが、何となく聞きそびれてしまいました。これも、繊維関係の仕事の中で、どこかで接点があったのかもしれません。

五、真っ赤な海

ある秋の日、私は茶の間でテレビを観ていた。もちろん、モノクロテレビだ。番組は、私の好きな『コンバット』。あの有名な戦争物語の番組だ。サンダース軍曹、ヘンリー少尉、ケーリー、他、もろもろ。私は、この週一の番組を一日もかかさずに観ていただろう。横でお茶を飲んでいる父が、「戦争はこんなものじゃない」と言った。

「もっと苦しく、辛いものだ」

「例えば？」と、私は聞き返した。

「例えば、こんなことがあったんだ。

お父さんの希望とはうらはらに、戦局が日を追うごとにどんどん悪化していった頃のこと。自分の部隊も食糧をはじめ、弾薬・医薬品等、さまざまな物資が不足してきた。そして、戦死する者が続出して、兵士も不足してきていたんだ。

そんな折、物資の補給と応援部隊の移送を兼ねた大規模な輸送作戦が極秘に進められていたんだ。そして、ある日の早朝、まだ日の出前の薄暗い空の中、作戦は実行された。

大きな輸送船が、徐々に我々の島に近づいて来たんだ。誰もが心待ちにしていた食糧をはじめとした生活必需品が、いよいよ目の前に来ようとしていたんだ。そして、荷降ろしの準備に取り掛かろうとしていた、わずか数百メートル手前の所で、敵戦闘機が襲いかかってきたんだ。それも数えきれない程の大群で、百機以上はいただろうか。おそらく、情報は洩れていたのだろう。さもなくば、早い段階から見つかっていたのだろう。嵐のような急襲、魚雷、雨霰のような爆弾と機銃掃射により、輸送船はまたたく間に、火の海となり、やがて傾きはじめたのだ。我々、島にいる日本軍も流れる涙を堪えて、必死に機関砲で応戦したが、圧倒的な戦力の差はどうすることもできなかった。船の乗組員や兵士はみな海に飛び込んで避難したが、そこを狙い撃ちする、敵機の機銃掃射。兵士達は次々と命を落としていったのだ。そして、輸送船も海に沈んでしまった。

ああ、何ということか、我々の同胞は誰一人として助からず、物資は、米一粒として陸に上がらず、すべては海の中に沈んでしまった。敵機編隊は、それを見届けると、さっさと空のかなたに消えてしまった。まるで、無駄なことはするなと言わんばかりに。

我々は砂浜に出て、ひざまずき、涙しながら、両腕で砂を叩き続けたのだ。

そこには、血で染まった真っ赤な海があったんだ」

「それは、本当に悲惨だね。悔しかったよね。せっかく目の前まで来たのに」

六、先住民との遭遇

しばらくしてから、父は、

「でも苦しいことばかりでもなかったんだ」

「え、どんなことがあったの？」

「例えば、ジャングルの中で土人に遇った時などは最高だった。でも、土人といっても、日本兵びいきと白人兵びいきの二通りあったから、気をつけなくてはいけなかったんだ。日本兵びいきの土人は、すぐにわかった。特に『コミネ』という名前を出すと、『おお、コミネ、コミネ』と言ってたいへんな歓迎をしてくれたんだ。食べ物もいっぱい出してくれた。果物、木の実、鍋料理、たらふく食べて、まさに地獄の中の極楽だ。一気に、生き返ったような気分になる。いつも、いつも空腹状態だった自分達には、たまらなかったんだ」

「ふーん、そんないいこともあったんだ。あ、さっき、『コミネ』という名前が出てきたけれど、どういう人なの？」と聞いてみた。

「『コミネ』という人は日本人で、昔、あの辺りで戦争があった時、土人たちを手助けしたり、指揮をとったりして、敵であったドイツ軍を破るのにものすごい働きをしたそうなんだ。そして、その後もこの地域にはいろいろと貢献したらしいのだ。コミネがこの地で亡くなった時には、島じゅうから人が集まって、それは盛大に葬式が執り行われたそうなんだ。

だから、何年たっても人々は『コミネ』という名前を忘れないんだ。

だから、土人にあったら『コミネ』という名前さえ出しておけば、まず間違いなく仲良くなれたんだ。そして、助けてもらうことができたんだ。まさに、魔法の名前だった。こういう情報を仕入れておくことも、生き抜いていくためには、必要不可欠なことなんだよ」

父は続けた。

「そして、父さん達はこの土人の部落にしばらくお世話になることになったんだ。昼間は、のんびり昼寝をして、夜になるとお楽しみの始まりだ。

そこここから、土人達が集まってきて、歌や踊りが始まる。陽気な太鼓のリズムに、かん高い歌声、そして、激しく、時に艶めかしく踊っている。そして、独特の民族衣装を身にまとった男衆、女衆の姿はとても鮮烈で、眩しかった。自分は本当に戦争に来たのかと、疑ってしまうほどだ。土人達は楽しそうに陽気に踊って、自分達を楽しませてくれているのだ。

そして、我々に一緒に踊ろうと声を掛けてくるのだ。我々も土人達の中に入って、一緒に身振り、手振りで、ヘタクソに踊ったのだ。それが、また、土人達に受けて、さらに盛り上がるのだ。中には、若い土人の娘に手を取られて、踊り始める兵士もいた。まんざらでもない顔をして踊っている。土人の言葉がわかるものに聞くと、土人達はこう言ったそうだ。

『日本人は出された料理は何でもおいしそうに食べてくれるから好きだ』と。一方、『白人は出しても、一口口をつけただけで食べてくれないのだ』と。そして、『日本人は決して自分達より上だという態度をとらず、対等の立場で接してくれるのだ』と。

一週間、二週間と滞在していると、中には、恋心を持つ若い兵士もでてくる。

家の陰から、また木の陰から、そっと顔を出して、こちらを見ている、好奇心の強そうな若い娘。それを目で追いかけ、足で追いかけようとする兵士。何と、初々しい光景だろう。

しかし、こんな極楽のような時間はいつまでも続くことはなかった。隊長の号令の下、いよいよ、出発することになったんだ。十分に鋭気を養った兵士達は、全員、整列して、土人の酋長に感謝の意を表して、別れを告げた。その時、土人達は、果物などの食料を持たせてくれた。お父さん達の部隊からは、お礼として薬などを渡していたんだ。この薬は土人達にたいへん重宝され、喜ばれていたんだ。

そして、お父さん達の部隊は目的地に向かって、ジャングルの中を行進して行ったんだ。途中、突然、戦闘機の音がしたかと思うと、いきなり上空からの機銃掃射を浴びた。敵機に見つかってしまったのだ。

幸い、上空からの偵察だけだったようで、引き返してくることはなかった。しかし、運悪く、銃弾を浴びてしまった兵士がいた。即死だった。何と、あの土人の娘と仲良くしていた若い兵士だったんだ。

昨日まで、生き生きと、あれほど楽しそうだった彼が。絶句。戦争とは、これほど、無残で、冷酷なものなのであろうかと」

(文中の土人という言葉は、父との会話ですので、そのまま表現しました。差別的な意図はありません)

七、忘れられない光景

父は一呼吸おいて、また、淡々と語りはじめた。

「どうしても忘れられないことがあるんだ。

戦局はますます日本軍に不利、敗戦濃厚に思えた頃のことだった。ダメを押すかのように、百機近くもの敵戦闘機が襲来してきたのだ。もちろん、日本軍は防戦一方で、たいへんな損害を被ったのだが、その中で、たった一つだけ、一矢を報いたことがあったのだ。そう、敵戦闘機を一機、撃ち落としたのだった。白い煙を上げながら、ジャングルの中に落ちていったのだ。周囲からは、たいへんな歓声が上がっていたんだ。まるで、この戦争に勝ったかのように。形勢は全く負けているのに。それほど、勝利からは、遠ざかっていたのだ。

敵戦闘機編隊が去って、陣地を直すのも束の間、兵士達は、ジャングルの中、煙が立ち上がる方向に一目散に走って行ったのだ。そして、ついに、その墜落現場に着いた。

そこには、生々しく、焼け焦げた敵戦闘機の姿があった。何と、米兵が乗ったままであった。おそらく、パラシュートで脱出することができなくて、そのまま墜落してしまったのだろう。

パイロットは重傷を負っており、すでに息絶えていたんだ。しかし、顔を見ると、何と若い兵士で、好青年であったろうか。身にまとった衣服には、ネームが貼られていた。それがまた、痛々しく、好奇心とやじ馬根性で見に来た兵士達は皆、声を出せず、沈黙してしまったのだ。そして、誰からともなく全員、合掌してしまったんだ。

敵とはいえ、お国のために尊い命を落としてしまった姿は、自分達を映しているようでもあり、共通して、悲しみを誘うものなのだ。要するに、敵、味方もないのである。この若い兵士にも愛する家族がいただろう。そして、これからの未来があったろうにと」

父は言っていた。二十数年経った今もこのことが忘れられないと。目をつぶると、その時の彼の顔が浮かんでくるのだと。それほど、強烈な印象として残ったのだろう。

しばらくして、父はまた言った。

「戦争はしてはいけない。本当にしてはいけない」と。

私は十分に納得したのだった。

八、海に一人

また、私はこんな質問をした。「戦争はそれは激しく辛かったかもしれないけれど、南の島は、自然が美しく夕陽や海がとてもすばらしくていい所だと思ったこともあるんじゃないの」と。しかし、父は意外にも「そんなふうに思ったことは一度もない。そんなことを感じとる暇はなかった。常に戦いの中に置かれていたのだ。まさに生きるか死ぬかの崖っぷちに立たされていたのだ」その後こう続けた。

「自分が海に浮かんでいる時があった。たった一人で、他には何もない。あるのは海と空だけだ。周りを見渡せば、まさに太平洋の真ん中で、丸い海の頂点に自分がいるように思えた」否が応でも戦争に明け暮れていたこの頃、父は何を思っていたのだろう。

九、平和を願って

そして、私は次の質問をした。

「お父さんは日本の自衛隊のことはどう思っているの」

「自衛隊は必要だ。日本の自衛隊が日本の国を守るということはたいへん重要なことだ。しかし、戦争を起こしてはいけない」

「じゃあ、もし僕が自衛隊に入りたいと言ったら、どうする？」

父はしばらく考えていた。そして次のように言った。

「おまえには、できたら自衛隊には入ってほしくない」と。おそらく父はもし戦争が起こってしまったら、自分と同じような目には遭ってほしくないと思っていたのだろう。父は真に平和を望んでいたのだと思う。

余談かもしれないが、父はその当時、上映されていた『史上最大の作戦』・『バルジ大作戦』といった戦争映画を私が観たいから、連れて行ってくれと言ってもいい返事はしてくれず、結局連れて行ってくれたことは一度もありませんでした。テレビでやっていた『コンバット』はよくても、もうこれ以上戦争物にかじりついてほしくないと思っていたのかもしれない。私は観たいと思っていた映画が観れなくて残念な思いをしていたものでした。

父の平和を願う思いは私達の名前にも表れています。姉には〝とみ子〟という名前をつけた。戦争で何もかも失ってしまった日本がまた豊かな国になってほしいと。そして、私には〝寿〟という名前をつけた。文字通り、ハッピーでめでたいという意味である。幸福になってほしいという願いが込められているのであろう。

父はこれ以外にも平和に関する出来事などには強い関心を持っていたようである。戦後、米ソの緊張が高まった事件、例えばキューバ危機などがあげられる。そのような新聞記事は昭和二十年代から集めていて今も残っている。また、ドイツからアメリカに亡命した女優、マレーネ・デートリッヒがドイツに戻って演説した記事なども残っている。あの有名な『花はどこへ行った』を故郷で歌った女優である。僕にとっては驚きである。やはり父は映画、とりわけ女優に関してはかなり注視していたようである。

十、死の行軍

私は父に「戦争はどうなっていったの?」と質問した。父はまた話し始めた。

「いよいよ兵器も食糧もなくなり、どん底生活になっていったんだ。ある行軍をしている時など、栄養失調や体調不良で次々と歩けなくなる者が続出したんだ。道の途中で半死の状態で横たわっている者、或いは既に息絶えている者、部隊に付いていくことができなかった、哀れな兵士達。それは、まさしく、この先の自分の姿にも見えてくるんだ。そして、その予感通り自分達の中にも病に罹ったり、力尽きて道に倒れる者がでてきたんだ。そして、もはや戦うこともできないほど疲弊していったんだ」

十一、驚いたこと

お茶を一杯飲むと父はまた話し始めた。

「こんなこともあった。敵機の大群が押し寄せてきた時に、自分達の高射砲が狙い撃ちされるはめになってしまった。次から次に撃ち込まれる銃弾。その度に、自分達は、右へ左へ逃げ、前へ後ろへ逃げ、頭を下げたり、傾けたり、無我夢中で、戦っていた。そんな激闘もいつしか終わり、運よく、敵機は去っていった。自分は地面を見て驚いた。銃弾がびっしりと詰まっている。一番多いところを数えてみたら、一メートル四方に約二百発撃ち込まれていた。よくもまあ、こんなところで生きていられたものだと」

さらにこんな奇妙なこともあったそうだ。

十一、驚いたこと

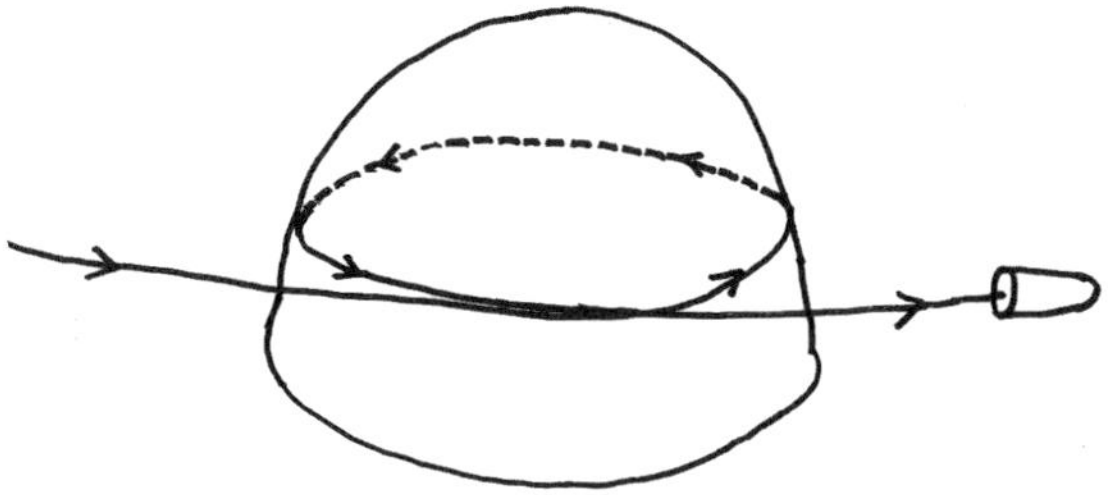

「ある兵士が敵と凄まじい撃ち合いをしている時に、敵の銃弾が、ヘルメットの縁に当たって、こともあろうか、一周していったのだと。つまり、ヘルメットの外周を接触したまま一回転していったのだと。ズズズーとすごい音とスピードで。その後、その兵士はあまりの奇妙な出来事に、気がおかしくなり、ジャングルの中に消えていったそうだ。戦場という中にあっては、とても信じられないようなことも起こるのだ」と父は言った。

十二、力尽きた兵士

父はこんな話もした。

「それは終戦もまぢかな頃、日本軍は戦力もなくなり、いよいよ最後の戦いをしようとしていたんだ。ラバウルのあるニューブリテン島の各所に散らばっていた兵士を本部に集結する作戦を立てていたんだ。しかし、もう島は米軍の勢力が上まわり、日本軍は明るい日中に動くことは危険だったんだ。そこで、日の出前とか日没後を狙って、小船を出して岸辺にいる兵士達を乗せて運んでいたんだ。しかし、元気な兵士ばかりではなく、もう体力もなく岸辺まで辿り着くだけで精一杯だった者もいたんだ。船に乗ることができた者はよかったが、力尽きて船に乗ることもできない者もいたんだ。船に乗ることもできない兵士は生きて本部まで戻れないとみなされ、置き去りにされてしまったのだ。せっかくここまで来たのに船にも乗れず、泣き喚く、その哀れな姿は涙なくしては語れない。自分ばかりではない、他の兵士も断腸の思いでこの光景を見なければならなかったのだ」

父はこの話をしている時、とても辛そうだった。目頭が赤く潤んでいた。それだけ、この戦争は過酷なものだったのだ。私は置き去りにされた兵士達を哀れむと同時に、何とか生き延びていてほしいと願うのだった。

十三、終　戦

一息入れて、父はやっと終戦の話をし始めた。

「戦況はますます悪くなる一方だったんだ。でもある時から敵襲はだんだん減っていったのだ。いつしか我々には弾薬もなくなり、空襲がくれば、防空壕に逃げるようになっていたんだ。そして、敵との戦いよりも、むしろ食糧を確保することの方が重要になっていた。つまり、畑を耕し、芋や野菜を作ることの方が。早い話が、戦争ではなくて、農耕生活に入ったようなものだ。

そんな中、敵哨戒機によるビラが降ってきた。

〝日本の兵隊さん、芋は大きくなりましたか、もう少しです。頑張って下さい〟と、なんとバカにした文言だろうか。

それからしばらくして、敵機がぷっつり来なくなった。三日程、続いただろうか。それはまさしく、終戦の訪れを意味していたのだ。

かくして昭和二十年八月十五日、我々の隊長より、日本敗戦が告げられたのだ。

そしてその後、司令官今村大将の訓命が発せられたのだ。〝耐え難きを耐え、忍び難きを忍んで、早く、祖国復興に参加せよ〟と。

つまり、これから始まる捕虜生活を耐え、早く祖国復興に立ち上がれと」

私はこれを聞いて、何とすばらしい言葉だろうと思ったのである。この敗戦の屈辱の中、よくぞ、未来を見据えた言葉を発したと。今村大将という人はすばらしい人だと。

十四、捕虜生活

父はそれから、オーストラリア軍（豪軍）による捕虜生活のことを話してくれた。

「自分は片言で英語が話せたので、豪軍の兵士といろいろな話をしたんだ。もちろん、はじめはぎこちない感じだったが、だんだん慣れてちょこっとずつ会話ができるようになったんだ。そのうち、馴染みの顔も覚えて、仲の良くなった兵士もできたんだ。映画のこと、音楽のこと、食べ物のこと、家族のことなどなんでも話した。何よりも、この収容所での生活は、自分にとって楽しく、面白かったんだ」と。

戦うことを強いられた状態から解放されたことを思えば、多少の労働のきつさがあっても、敵同士であった者が互いに思いを伝えることができることは、無上の喜びであったかもしれない。

十四、捕虜生活

「それから、自分達の部隊のことを話したら、猛部隊として怖れられていたことがわかったんだ。豪軍の捕虜がいた収容所が、逆に日本軍の捕虜収容所になってしまい、立場が完全に逆転してしまって、おもしろくないと思っている日本の兵士が多かったが、自分はそんなことは気にしなかったんだ。食事もたいへんおいしかった。敵軍達はこんないいものを食っていたのか、勝てるわけはない、と思ったものだ。

やがて捕虜生活も何カ月か過ぎ、日本に帰れる日が近づいてきたんだ。そんな中、日本兵のなかに豪軍の兵士と物々交換をする者もでてきたんだ」

十五、物々交換

私は父に聞いた。

「お父さんは何か交換したの？」と。

すると父は「いいや、特にない」と言ったので、私は本当かなあ、と思いつつ、少しがっかりしたのだった。

しかし、この時、父はウソをついていた。

父が八十九歳で病に倒れて入院した後、私は父の箪笥を整理していて、発見してしまったのである。それは、オーストラリア製のミリタリーコートであった。一九四三年製造のタグが縫い付けてある。私はびっくりした。しっかりした厚手のコートであった。おそらく、父は仲の良くなった豪軍の兵士と物々交換して、もらったのだろう。いや、交換というよりは、もらったと言った方がいいだろう。なぜなら、父はこんな高価なものに値するものは何も持っていなかったであろうから。

しかし、父は何故、私にウソをついたのだろうか。

それは至極簡単だ。父はまだ子供であった私には、このコートの存在は黙っておいた方がよいと思ったのだ。

大切なものがなくなってしまわないように。

父が、このオーストラリア軍による捕虜収容所生活の中で、いろいろな話ができたのには、やはり学生時代から、バイオリンをはじめとして音楽に親しんでいたこと、そして就職のために大阪に行ったことが大きかったのだろう。当時の大阪は映画、音楽、ファッションなど、ハイカラさんで溢れていたのだ。戦争に突入しようとしていたとはいえ、浜松のような田舎とは訳がちがうのだ。そこで吸収したさまざまなもの、映画・音楽……。例えば、父はマレーネ・デートリッヒが好きだったから、その当時上映されていたであろう『嘆きの天使』・『モロッコ』などを観たかもしれない。また、その頃やっていた他の映画なども観たかもしれない。当時の大阪は関東大震災の影響もあり日本の中心的な都市になっていたのだ。そして、父は、それらをきっかけにしてさまざまなことを話し、互いの故郷のことまでも話せるようになったのだろう。

また、ミリタリーコートが出てきた箪笥から野球のボールも出てきた。古いボールのようだ。ひょっとしたら、これも豪軍の兵士からもらったものかもしれない。父はこの収容所で彼とキャッチボールをしていたのかもしれない。いや、ひょっとしたら、チームで野球のゲームをしていたかもしれない。そういえば、私は小学生から中学生にかけて父とよくキャッチボールをしたものだ。父は、球が速くコントロールもよかった。捕球するたびに私は手がしびれたものだ。

十六、帰国の途に

父はまた話しはじめた。

「そして、ついに昭和二十一年三月に日本への帰途につくことになったんだ。それは誰にとっても、長く待ちわびていたこと、そして大きな喜びであったのだ。あの地獄のような戦いを生き抜いて、まさか、日本に帰れるとは。

まさに奇跡だった。しかし、それとは裏腹に、戦死した戦友達のことを考えると申し訳なく、誰しも複雑な感情に苛まれたのだ。

日本に着くまでの船の中、狭い中にも故郷に帰れるという喜びで溢れていた。船の中で何日も過ごしたにもかかわらず、それはあっという間のことだった。

そして、ついに日本到着、横浜港に。そして、東京駅から、汽車に乗ったんだ。

汽車の中で、同郷の者同士がだんだん集まり、浜松駅で降りたのは四人だった。車中では、四人が互いに地元のことを話したり、或いは戦場のことを話したりして、話は尽きなかったが、互いに相手のことを称え、ねぎらい、そして時には慰め、涙したんだ。東京駅から、乗ること九時間もあったろうか、ついに懐かしの浜松に着いた。『浜松～、浜松～』という駅員のアナウンスの声がたまらない。涙して汽車を降りたんだ。

もう夕方近かったかもしれない。

駅を出て周りを見渡して茫然とした。あたりは一面焼け野原になって、建物らしきものは、ほとんどない。あるのは焼け焦げた松菱デパートのビルだけだったんだ。空襲で街は完全に破壊され、瓦礫の山になっていた。

ひどい目に遭っていたのはラバウルにいた自分達だけではなかったのだ。浜松もこんなひどい目に遭っていたのだ。自分はこの時、このことを痛切に感じたんだ。

四人共、しばし絶句、しばらくしてから、誰からともなく、『また、頑張ろうな、また会おうな』と言って、別れを告げたんだ。そして、それぞれの町に向かって歩き始めたんだ。

　薄暗い中、懐かしい風景に胸がいっぱいになった。また、家族のみんなに会えるんだ。喜びで涙が溢れ出てきた。そして、遂に、我が家に到着。こうして、自分は両親、家族との再会を果たすことができたんだ。その日の夜は戦地での話で尽きることはなく、朝まで涙と共に語り明かしたんだ」

　記録によれば、浜松は原爆投下の候補地になっていたらしく、昭和二十年七月二十六日、Ｂ29による原爆投下訓練が浜松上空で行われたとある。航空機基地もあり、軍需工場も多かったため、Ｂ29による空襲も度々あった。

　そして、海岸の遠州灘は横浜と共に連合軍が本土上陸を想定していたとされ、海岸からの艦砲射撃も激しかったのだ。そのため、今現在も市内の工事現場からは何百キロもある不発弾が見つかることがあるのだ。

十七、浜松での生活

父はその後、ここ浜松で生活を始めることになった。戦争に行く前に勤めていた会社から、また戻ってこないかという誘いがあったそうだが、両親の勧めもあり、地元で就職することになったのだ。やっと平穏な生活に戻ってきたと思われたが、そうばかりではなかった。夜、寝ていると夢の中で、「どうしておまえだけ、生きて日本に帰っているのだ」とかつての戦死した戦友達が現れるのだ。その度に、父はうなされ、汗びっしょりになって目を覚ますことになったのだ。そんなことが、長く続いたそうだ。

そんな心の病を癒やすために、父は好きな趣味に打ち込んだのだ。海外の音楽や日本の歌謡曲に親しんだ。その当時の楽譜やレコードが数多く残っている。また、好きな海外の女優さんの顔の絵を描いたりもした。コンテで、モノクロで描いた。マレーネ・デートリッヒ、リタ・ヘイワース、マリリン・モンローであった。この三人の絵が計四枚、今も家に残っている。一九四九年制作となっている。実に丁寧に描かれていて、愛情に溢れている。他に、近所の友人と、白馬、富士山など山登りもしたようです。

そんな父にも縁談の話があり、昭和二十七年に見合い結婚をしたのです。母の話によれば、お見合いをしている時は、顔もまともに見られず、結婚してから、初めて父の顔が見られたそうです。

ここで少し、母の話をしたいと思います。母はここ、浜松に生まれ、戦前に女学校に入学しました。そのうち戦争になり女子挺身隊として、国鉄飯田線の豊橋車掌区の仕事をしたようで、大変な苦労をしたと聞いています。

戦後は、小学校の代用教員をしたそうです。女学校を卒業していればできたそうです。名前は静子といい、〝静ちゃん先生〟と呼ばれたようで、今でも、近所に教え子がいて、覚えてくれている人もいます。顔は八千草薫に似ていて、優しそうな顔をしています。人気があったのかもしれません。

そんな母と結婚した父は、新婚生活にも慣れ、徐々に落ち着きを取り戻し、好きな趣味の方も花開いたようです。以前よりやっていた絵画、山登りの他に、レコードを買ってきて音楽を聴いたり、好きな写真を撮ってきては、自分の家の中に作った現像室で写真を現像したりと、大いに満喫したのです。

それもこれも、あの戦争で、できなかったことを取り戻すかのように。父にとっては、一番よい時代であったのかもしれません。

また、父はここ浜松で農協に勤めました。戦後間もない頃、農家を回って営業をする傍ら、「これからの農業は米だけを作っていたらダメだ、花を作りなさい」と言ったそうです。すると、「百姓が花を作ってどうするんだ」と、どこへ行ってもバカにされたそうです。しかし、徐々に花を作って収益を上げる農家が出てきたのです。父はこの地の農業に多少なりとも、貢献できたのかもしれません。

父はここ浜松で郷土のため、家族のために一生懸命働きました。まさしく、あのラバウルでの今村大将の言った「祖国復興」のために。

十八、定年退職後

父は定年を迎えるまで、約三十年働き続けました。五十五歳という若さだったので、何年か近所でアルバイトをしていました。六十〜七十代にかけて二度の大病をしましたが、持ち前の運の強さと丈夫な体のおかげで、見事に復活しました。

しかし、平成二十三年七月に脳症を患って、全身が麻痺してしまいました。何らかの原因で脳にウイルスが入ってしまったのです。幸いにも命はとりとめましたが、後遺症は重く、食べることも、話すことも、体を動かすこともできませんでした。しかし、懸命の治療のおかげで手足を少し動かし、話すことも少しだけできるようになったのです。それでも、倒れる前の父とは程遠い状態になり、食事もできず鼻からの栄養摂取となってしまったのです。

こんな父を病院に見舞いに行く日々が二年近く続きました。私と姉、そして母、三人が父の回復のために。

母も既に八十六歳と高齢になり、認知症になっていたため、老人ホームに入っていましたが、健気に父の所に通い続けました。

私と母が父のいる病院にお見舞いに行くと、母は父に「ジージ、わかるかい？バーバだよ」と言いました。

すると、父はなんとか「うん、うん」とうなずくのでした。でもそれ以外のことを話しても、反応はあまりよくありませんでした。それればかりか、もう声も出ず、話し掛けても無反応の時があるようになってきていたのです。

もう状態はかなり悪くなっていたのです。

十九、父の涙

　そんな年も暮れたある日、私が実家で父の部屋を掃除したり、整理していたらあの懐かしいレコード盤が出てきました。私は、昔のことを思い出しました。子供の頃に父がよく掛けてくれた『ワシントン広場の夜は更けて』の曲を。しかし肝心のこの曲が入っているレコード盤は既に割れてなくなっていたので、他の外国シンガーや江利チエミや雪村いずみのレコードしかありませんでした。そこで、私はこの曲のＣＤをネットで探して購入しました。

　そして、数日後、このＣＤとＣＤプレーヤーを持って、母と一緒に、父のいる病院に見舞いに行きました。

　父は幸いにも起きていました。

看護師さんに許可をもらって、父の枕元でCDの曲を掛けました。父は初め、わからないような顔をしていたので、連続して二回、三回と掛けてみました。すると、明らかに表情が、少しずつ変わってきました。

どこかを見ているような表情です。

そしてなんと、二回目を掛け終わったぐらいに目に涙を浮かべていたのです。

信じられませんでした、私も母も。

「ね、涙だよね、ジージ涙を流しているよ」

「うん、涙だね、わかるんだね」

父はいろんなことはわからなくなっても、この曲のことだけは覚えていてくれたんだと、私は母と共に嬉しくなりました。

父はまだ私達が子供の頃によく掛けてくれたこの曲を思い出して、きっとよい人生だったと思ってくれているに違いないと、私は願わずにはいられませんでした。

そして、翌年の三月二十日に父はこの世から旅立ちました。

その後、三年間母のいる老人ホームに姉と私が毎週交替でお見舞いに行き、いろいろな所に連れ出したりしていましたが、平成二十九年三月二十日、父の命日と同じ日に旅立ちました。きっと父が呼びに来たのでしょう。そして母もそれに応えたのでしょう。

完

あとがき

この物語は、私が中学一年生の頃に父から聞いた話です。ラバウルという激戦地の中でいかにして生き延びることができたのか。その生きる術を書きました。また、戦闘の中での辛い体験、忘れられないシーン、ほろ苦い先住民との交流、敗戦、豪軍による捕虜生活の思い出、帰郷、平和への思い、そして浜松での生活、私が子供の頃の話を交えながら、父の生き様を描いた物語です。

この物語を書いたきっかけは父が病に倒れて入院した時に、私が父の箪笥を開けたことから始まります。今まで見たこともない一九四三年製の豪軍のミリタリーコートが出てきてびっくりしました。それと同時に父から聞いた話を思い出しました。これはもう父からのプレゼントだと思えてきました。その後も次から次へといろいろな物が出てきました。

父から聞いた話も含めて、これらの物をこのままにしておくのは勿体無いと思えてきました。そしてこれを一冊の本にまとめてみようと思いました。未熟な私の文章ですが、父から聞いたほとんど本当にあった話です。

こんな日本人がいたんだ、こんな戦争があったんだということを一人でも多くの人に知ってもらえたら幸いです。

五十川　寿一（いそかわ　じゅいち）

本名　藤谷　寿（ふじたに　ひさし）
1955年　浜松市に生まれる
1978年　名古屋芸術大学卒業
現在、浜松美術協会会員

親父の太平洋戦争

2018年4月7日　初版第1刷発行

著　者　五十川寿一
発行者　中 田 典 昭
発行所　東京図書出版
発売元　株式会社 リフレ出版
〒113-0021　東京都文京区本駒込 3-10-4
電話（03）3823-9171　FAX 0120-41-8080
印　刷　株式会社 ブレイン

ISBN978-4-86641-136-1 C0095
Printed in Japan 2018
落丁・乱丁はお取替えいたします。

ご意見、ご感想をお寄せ下さい。

［宛先］〒113-0021　東京都文京区本駒込 3-10-4
東京図書出版